JN180892

ある夜のダリア

迷いの日々には、いつも花があった

内館牧子
画・島本美知子

潮出版社

ある夜のダリア

迷いの日々には、いつも花があった

目次

春・はる・Spring　9

夏・なつ・Summer　37

秋・あき・Autumn　65

冬・ふゆ・Winter 93

装丁　金田一亜弥
装画　島本美知子

春・はる・
Spring

ある日突然に

桃 | *peach blossom*

あるとき、実家の庭の片隅に、植えたはずもない二本の小さな木が出現した。

すでに三〇センチほどになっていたが、それまで家族は誰も気づかなかった。何の木だろう、どうして並んで二本も突然出てきたのだろうと、両親と不思議がっていたとき、葉を観察していた父が言った。

「桃だ。桃の木だよ」

ところが、誰も桃の苗など植えてはいない。すると、当時、高校生だった弟が叫(さけ)んだ。

「あーッ! 俺だ。ずっと前に庭で桃を食べてて、種を吐き出した。それだよ、それ。二個食べてサ、プップッと二個吐いた」

信じられないことだが、二本の桃の木はグングンと大きくなり、弟が大学

生になった頃には、空一面を覆(おお)うほどピンクの花を咲かせた。そればかりではない。花が終わると、たわわに桃の実がついたのである。

父が新聞紙で袋を作り、木にハシゴを掛けて実にかぶせた。そして、二本の木から実に一〇〇個以上もの、ふっくらした甘い甘い桃が、数年間にわたり収穫できたのである。

「実生(みしょう)の桃なんて、信じられないなァ」

桃の木の下で、父は毎年つぶやいた。

あれから二十五年が過ぎ、父も桃の木も天寿をまっとうして、土に還(かえ)った。

だが、私は今でも春の夜空に煙(けむ)っていた桃の花が忘れられない。

そして、あのとき以来、木や花は生きているのだということを、いつも感じている。

スタートは遅くとも……

麦 barley

私が通っていた武蔵野美大の裏には、広い広い麦畑があった。

四月になると麦が青々と伸び、いつでもヒバリの声が聞こえた。「タンポポ」というニックネームの親友とふたりでよく授業を抜け出し、麦畑に寝転んで夢のような話をした。

あの頃が「青春」だったと思う。私は自分の青い春を思い出すとき、真っ先にあの青々とした麦畑が出てくる。麦は真っ直ぐに力強く、みずみずしく、まさに「青春」という時期を象徴していた。

が、あの頃に戻りたいとはまったく思わない。いや、実は思うこともあるのだが、「言ってもせんないこと」は口にしないに限る。「戻りたいわ……」とつぶやいて戻れるならいい。が、しょせん過去には戻れない。戻れないなら言わないほうがいい。言えば言うほど、現実が悲しくなるものだ。こうなると生きていることが虚しくなる。

私の脚本家デビューは四十歳であるが、今脚本を書いている大河ドラマ「毛利元就」で、驚くべきことを知った。毛利元就は何と五十九歳でスタートを切っている。おそらく、人間は何かを始めようと思ったときが、一番若いのだ。実年齢ではない。

「あの頃は私も青い麦のようだったのに」と嘆くより、心の中にいつでも青い麦をそよがせている人のほうが、死ぬまで可能性の連続だという気がしてならぬ。

花を抱く男たち

チューリップ―*tulip*

私は恋人であれ、男友達であれ、男たちからのペナルティは、花で払ってもらうことにしている。

例えば約束の時間に遅れたとき、突然のキャンセル、失言、嘘(うそ)がばれたとき等々、すべてである。

先日、男友達がそのようなことをして、私に言われた。

「次に会うとき、両腕にいっぱいのチューリップを抱(かか)えてきて」

彼はラグビーボールしか抱えたことのないような男である。まさかと思っていたら、次に会ったとき、本当に両腕いっぱいのチューリップを抱えてきた。そして、照れ隠しなのか怒ったように言った。

「ホラ、約束のバラだよッ」

私は笑い転げた。チューリップとバラの区別もつかぬこいつを、好きだな

アと思った。

チューリップは室温の変化により、開いたり閉じたりする。実はこれが何よりも花には「ストレス」で、これが重なるほど花の身がもたないのだという。

彼はあの夜、大きな体にチューリップを抱え、恥ずかしくてカッカとしていたに違いない。夜風はヒンヤリと冷たく、チューリップは「カッカ」と「ヒンヤリ」の間でストレスを感じていたかもしれぬ。思えば、男たちは誰しも、花を抱くとき、多少のストレスをにじませる。

「こんなこと、たびたびやられちゃ身がもたないよ」

そう苦笑する男たちは、チューリップによく似ている。

教室の花

スイートピー ― *sweet pea*

ある春の日、地元商店街の小さな花屋にいると、近くで少女の声がした。

「お母さん、これ、あした学校に持って行っていい？」

小学校三年生くらいの少女が、スイートピーを抱え、母親に笑顔を見せていた。薄紫や淡（あわ）いピンクやクリーム色のスイートピーは、まるで綿菓子（わたがし）のようにふんわりと少女の顔を隠している。母親が答えた。

「いいわよ。みんな持って行けば」

綿菓子から半分のぞいている少女の目が、嬉しそうに細くなった。

女の子というものは、学校に花を持って行きたいものだ。教卓に飾りたいものだ。担任が朝礼の時に、

「あら、きれいね。ありがとう。誰が持ってきてくれたのかな？」

と訊（き）く。その時、恥ずかしげに小さく手をあげる快感といったらない。

私が小学生の時、体の弱い少女がいた。彼女はいつも祖父が作っていると
いう庭の花を持ってくる。私たちは祖父の作った花を、体の弱い孫娘が持っ
てくるという図式に、子供心にも憧(あこが)れていた。
そんなある日、私の父がパーティで豪華な花束を頂いて帰宅した。私は翌
日、バラだったか、ランだったか、場違いなほどゴージャスな、その花を学
校に持って行った。体の弱い少女の祖父が作る花よりすごいと、私はスキッ
プしていた。
が、担任はそれを見るなり、
「すごい花だなァ。買ってまで持ってこなくていいからね」
と言った。これは正論だが傷ついたものだ。
あのスイートピーの少女のことが、ふと心配になった。あの可憐(かれん)な綿菓子
は、とても庭に咲いたものではないとわかるだけに気になった。可愛(かわい)い少女
の可愛い思いに、大人の正論で水をさして欲しくないな……と。

墓参り

ハーブ｜herbs

花が大好きだった父は、花のあふれる四月に急死した。生前、父は誰からも「緑の指を持っている」と言われた。花や緑を上手に育てる人をそう呼ぶという。

そんな父が亡くなって一年後、女友達からミニトマトとハーブの苗（なえ）をたくさんもらった。プランターに植えつけてみると、これがもう全然手が掛からない。土と陽と水にさえ気配りしていれば、勝手に元気に育ってくれる。実によい子だ。おかげでわが家のベランダは、バジル、ミント、セージなど一〇種類のハーブが青々と風にそよぎ、ミニトマトは毎日二〇個も収穫できる。

やがて私は、この元気な子たちを父に見せたくなり、全種類のハーブとミニトマトで大きなブーケを作った。そして、あろうことかお墓に持っていったのである。

周囲のお墓には菊だのユリだのが供えられているというのに、父のところだけはバジルにローズマリーである。オレガノにタイムにアップルミントである。その上、たわわに実ったミニトマトである。

するとそのうち、どこからともなくイタリア料理店の匂（にお）いが漂（ただよ）ってきた。どこからだろうと思っていたら、何のことはない。父のお墓からである。湿（しめ）った風に吹かれてハーブが匂い立っていたのだ。

帰り道、私は男友達に電話をかけた。

「今からどこかでイタリアン食べない？　お腹すいちゃって。絶対イタリアンよ！」

頑（がん）としてイタリアンにこだわる私を、男友達は不思議がった。

「だから、父のお墓参りをしたらね、ピッツァやパスタの匂いがしたのよ」

そう言うと、彼はさらに不思議がって、幾度も幾度も首をかしげる。致し方なくわけを話すと、あきれたように言われた。

「あなたは緑の腹を持ってるよな」

美しき五月

スズラン ― *lily of the valley*

かつて、パリ七区の小さなホテルでしばらく暮らした時のこと。五月一日の朝、ドアをノックされた。開けると、ホテルマンがスズランの花束を持って立っている。彼は言った。

「フランスでは五月一日にスズランを贈ります。この小さな白い花は、幸せを呼ぶための鈴なんです」

言われてみると、スズランは釣鐘(つりがね)の形をしている。さすがフランス人はおしゃれなことを言うものだ。

その年のパリは記録的な寒波で、私が三月に到着した時は連日冷たい風が吹き、空は鉛色(なまりいろ)。聞けば二月は大雪だったという。ようやく四月の声を聞くや、今度は長雨である。来る日も来る日も雨が降る。十八世紀の建物だという小さなホテルの窓から、私は毎日雨を眺(なが)めていたものである。ところが、不思議なことに五月一日は真っ青に晴れ上がり、汗ばむほどの陽気であった。

五月の陽ざしに誘われてサン・ジェルマン・デ・プレを歩いてみると、本当にみんなスズランを抱いている。道に椅子（いす）を並べたカフェでは、スズランを脇にして手紙を書いている人たちをたくさん見た。きっと花に添える手紙なのだろう。

パリでは五月を「一年で一番美しい月」というそうだが、それはそれは本当に美しかった。二月からの三ヵ月間が雪や風雨だったせいもあって、パリの人々はこの美しい五月に輝いているように見えた。

その時、私はずっと以前に耳にした言葉を思い出していた。

「二月の雪、三月の風、四月の雨が、美しき五月を作る」

雪や風雨に叩（たた）かれなければ、五月は美しくならないということだ。叩かれることにより、きらめき輝く五月が作られるのだなあと、そんなことを思いながら歩いたパリの午後。

霧の中の恋

ニゲラ｜*love in a mist*

　ニゲラの英名は「ラブ・イン・ア・ミスト」と言う。「霧(きり)の中の恋」である。こんなに美しい名前があるのに、なぜ「ニゲラ」などという、毛虫を連想させる名前で呼ぶのだろうといつも思う。そんな私を女友達は笑った。

「ニゲラって、細い毛が花びらのまわりを取り囲んで、何か毛虫っぽいじゃないの」

　が、フランスではあの細い毛を「ヴィーナスの髪」と呼ぶと聞いたことがある。細くて美しい髪で、しっかりと相手をつなぐという意味らしい。

　それを聞いた男友達は言った。

「ゾっとするね。男はつなぎ留(と)められるのが何よりイヤなのに、あげく髪の毛でやられちゃたまんねえよ。何がヴィーナスだよ、そりゃお岩さんだ。四(よつ)谷(や)怪(かい)談(だん)」

恋の行く末というのは、まさしく霧の中であり、先が見えない。その中で、女が何よりも不安なのは、「愛されているかどうか」だと思う。つい確認したくなる。確認を得ると、霧の中で灯(あかり)を見つけた嬉しさだ。しかし、男にとっては、確認されることが何よりうっとうしいらしい。それがわかっているのに、女は不安がこうじるとさらにストレートに訊く。

「ね、わたしのこと好き？」

男の答えは決してダイレクトではなく、

「嫌いなら会わねえよ」

というのが、定番。この「否定の否定」に満足できぬ女はやがて、ついに問う。

「ね、わたしのどこが好き？」

男たちはこの言葉を聞くと、「逃げる準備」を始めるらしい。しかし、いくら強くなったと言われても、女は一番好きな人に関してはいつでも「ラブ・イン・ア・ミスト」の不安を抱えていることをわかってほしい。

母の涙

タンポポ — *dandelion*

私の女友達が小学校三年生のとき、タンポポの咲く道を歩きながら、母親に訊いたという。

「お母さん、ゴメンソウって何？」

母親はとっさにはわからなかった。すると幼い娘は明るく言った。

「私ね、今度の学芸会で劇に選ばれなかったでしょ。絶対に選ばれると思ったのに。そしたらね、廊下で××先生と○○先生が話しているのを聞いちゃったの。『あの子はハキハキしてるけど、ゴメンソウがちょっとね』って笑ってたよ。ねえ、ゴメンソウってナーニ？」

すると、母親は突然涙ぐみ、娘の肩を抱き寄せた。そして、タンポポの咲く道を涙を拭きながら無言で歩いた。

ゴメンソウ、つまりご面相である。二人の先生は無神経にも、廊下で彼女の容姿に難点があることを言い、笑っていたのである。

大人になった今、彼女はむしろ美人の部類に入る。しかし、母親が泣き出したということで、

「子供心にもよくない言葉なんだなってわかったのよ。それでおばあちゃんに訊いたの。先生の会話は秘密にして。私のことだということも言わないで訊いたわ。そしたら、おばあちゃん、『ああ、顔つきのことだよ』って。あれ以来、すっかり暗い子になって、コンプレックスから立ち直るのに二十年かかったわ」

と振り返る。恋人からプロポーズされるまで、幼心の傷は癒えなかった。

容姿についてとやかく言うのは、たとえ赤ん坊の前でも避けるべきだ。赤ん坊でも必ずわかる。必ず傷つく。

彼女は幸せになった今でも、

「タンポポは嫌い。母の泣いた姿が重なるから」

と言う。

赤と白

カーネーション｜*carnation*

小学校の頃、同級生の女の子が母親を亡くした。突然死であった。
葬儀が終わり、その女の子はまた学校に出てきた。彼女とは席が隣だった
だけに、私は何か言葉をかけなければ……と思ったのだが、小学生の私に気
のきいた言葉など思いうかぶはずもなく、
「大変だったね」
と言った。すると彼女は、私をにらみ、
「何が？」
と訊いてきたのである。私は子供心にも、せっかくの慰めに対してこうい
う答えはあるまいと、ムカッとしたものだ。
それからしばらくたったある日、図工の授業で「母の日」のプレゼントを
作ることになった。絵でも工作でも、何でもいいのだが、「カーネーショ

ン」がテーマであり、先生は言った。

「お母さんのいる人は赤いカーネーション、いない人は白いカーネーションですよ」

今はこんな区別を耳にすることはなくなったが、ある時代までは確かにこう言われていた。「母の日」が近くなると、花屋の店先には赤と白のカーネーションが並んだし、胸につける造花も紅白の二種類が売られていた。

先生の言葉を聞くや、例の女の子はキャハハと笑い、

「私は白だァ。えー、一人だけかァ」

と叫んだ。あの時、私はこの人はあまり悲しがっていないんだと思った。が、今になるとわかる。「何が？」と訊き、キャハハと笑うことで、十歳の少女は必死に自分を支えていたのだと。

今、赤と白の区別はなくなったが、子供にとっては「母の日」そのものが残酷（ざんこく）なのではないかと、ふと思うことがある。

夏・なつ・
Summer

そして花はあとかたもなく

パンジー｜*pansy*

花というものは、ときにとんでもなく面白い使い方があるものだ。

ずっと以前、私はボーイフレンドに振られた。かなりたったある夕方、彼が新しいガールフレンドと相合傘（あいあいがさ）で歩いているのを見た。その傘は彼の物らしく、真っ黒な、よくある雨傘であった。が、ふと見ると、黄色いパンジーのブーケが傘に結（むす）んである。ブーケはふたりの顔の前でユラユラと揺れ、黒い傘と黄色いパンジーがおしゃれなコントラストを見せていた。私は、

「なるほど。こういう手口の女にたぶらかされたのね」

とつぶやいたものの、いいシーンであった。

その後、私はパリで面白い光景を見た。

信号待ちをしていたら、古びたルノーが走って行ったのだが、車の後ろのバンパーに植木鉢がくくられ、あふれるほどのパンジーが咲いている。これ

は素敵だった。古びた車を花で飾るなんて、さすがパリである。

私は東京に帰ると、さっそくまねをした。古びた愛車パジェロにしっかりと植木鉢を固定した。花はもちろん色とりどりのパンジーである。この手口で男をたぶらかすぞ！と、私がワクワクしたのは言うまでもない。

ところが、デートの場所に着いたときには、パンジーは影も形もなかった。高速道路を飛ばし過ぎて、一本も残らず風にちぎられていたのである。間抜けた植木鉢だけがあった。

どうも私はパンジーと相性が悪いようである。

和名は美しい

レースフラワー | *bishop's flower*

私は花の和名が大好きである。洋花を見ても、まず必ず和名を調べる。というのも、横文字の名前よりも、和名の方がずっと語感が美しく、花の姿が想像できるからだ。

たとえば、シクラメンは、「篝火草（かがりびそう）」である。赤い花がかたまって咲く姿は、まさに篝火を見ているようであり、シクラメンなんぞという名は何とつまらないことか。

スイートピーは「連理草（れんりそう）」と言い、小さな葉が連生している様子がわかる。あの甘い花がこんなにスッキリした名を持つのはとてもいい。ライラックは「紫丁香花（むらさきはしどい）」。文字を見ただけで色と香りが立ちのぼってくる。ヒヤシンスは「錦百合（にしきゆり）」と言う。確かに小さな百合型の花が集まって、錦を成している。うまい名前だ。他にもルピナスは「のぼり藤」であり、ロベリアは「瑠璃（るり）

蝶々」、ジャスミンは「茉莉花」、フリージアは「浅黄水仙」である。花を愛してなければつけられぬ名前ばかりだ。

先日、私は「レースフラワー」の和名が知りたくて色々と調べてみたが、わからない。やがて、「庭花火」という名が目に留まった。もしも、これが正しければ、何とみごとな名前だろう。確かにあの花は、まるで線香花火のようだ。レースフラワーなどというよりもずっと美しく、はかなく、姿が思い浮かぶ。

和名は花屋では通じないが、知るたびにさらに花がいとおしくなる。昨今、嵐のように輸入される洋花には和名がないらしく、こういう花は一時の流行という気がして哀れだ。

恋人は海

ハマナス｜*rugosa rose*

稚内（わっかない）のノシャップ岬（みさき）の近く、夏の夕刻のことだった。

私はあたり一面をおおいつくすハマナスの群生を前に、ボーッと突っ立っていた。まるでバラ色の海のように広がるハマナスの美しさは、この世のものではなかった。花びらは波のように揺れ、夕刻の海辺には人っ子ひとりいなかった。バラ色の海は、真っ青にきらめく宗谷（そうや）海峡を背に、何だか歌うように揺れていた。ハマナスは確かに歌っていたと思う。

もう三十年近く昔のことである。私は女友達と貧乏旅行の最中であり、リュックを背負って歩き続けた果てのノシャップ岬であった。

「ハマナスってかわいい。トゲがあって、バラと姉妹なのに、バラより愛らしい気がするの。なぜだろ……」

私も同じことを考えていた。あのハマナスを見たとき、私はどこかでバラ

と比べ、「バラのほうが淋しい花だ」と思っていた。

彼女のつぶやきに、私は自分でも恥ずかしくなるほど乙女らしい答をした。今でもよく覚えている。

「ハマナスは後ろから海が抱いてくれているからよ。振り向けばいつでも海がいて、安心なのよね、きっと。だからとんがらずにいられて、可愛いんだわ。バラはひとりだもん」

「そうね……。男と女みたいよね」

その後は覚えていない。きっとふたりとも海のような男を夢見て、眠りに落ちたのだ。

花の泣き声

アジサイ｜*hydrangea*

ＯＬ時代、ドライフラワー作りにとりつかれたことがある。その頃は家族と一緒に暮らしていたのだが、私の部屋は、天井(てんじょう)から、窓から、もう至るところにドライフラワーがぶら下がっていた。

あの時代、私はおそらくデートしてくれる人もいなかったのだ。いつでも自室にこもってドライフラワーを作っていた。そんな私を見た弟は、ゾッとして母に言ったそうである。

「おっかねぇ。枯れ草だらけの部屋で髪ふり乱しているのを見たら、何だか山の中の一軒家で鬼ババアが包丁(ほうちょう)研(と)いでるみたいだったよ」

が、寂しい私は何と言われようと、ドライフラワー作りに励み続けた。

そんなある日、いいことを聞いた。大きな缶の中にアジサイを入れ、シリカゲルをぎっしりと詰めると、アジサイは美しい色を残したまま見事なドライフラワーになるという。

　私は早速、聞いたとおりにやってみたのである。

　すると真夜中、ふと目を覚ました私は妙な音に気づいた。カシャカシャ…カサッ…コソッ……。小さな音であったが、確かに聞こえる。灯をつけ、音のするほうを探すと、アジサイを入れた缶が鳴っている。カシャカシャ…カサッ…コソッ……。

　私は飛び起きて、アジサイを救出した。そして、その日を境にドライフラワー作りをやめた。生きている花を乾燥させて長くもたせようなんて、まさに鬼ババアのやることだと思った。

　あのカシャカシャ…カサッ…コソッ……という密やかな音は、「自然に逆らわないで」という花の泣き声だったと思う。

部屋の中の海

デルフィニウム — *delphinium*

センスのいい花屋かどうかを見分ける時、私はデルフィニウムの使い方がひとつのポイントになると思っている。

花束や花籠（はなかご）をアレンジする際、デルフィニウムは最も難しい花材のひとつだと思うのである。というのも、この花の姿はまるで棒立ち状態で色気がない。男とつきあったことのない女が突っ立っているように見える。その上、この人工的とも思えるほどの青紫色である。何本もかためると造花のようだし、少ないと仏壇の花のようだ。

私は嫌いな花はほとんどないが、デルフィニウムだけは今ひとつ好きになれずにいた。

そんなある夏の日、なじみの花屋の前を通ると、女店主に呼び止められた。

「よかったら、このデルフィニウム持って行って。傷（いた）んでるから売り物にな

らないの」

帰宅後、傷んだ花を落とし、丈を短く切って、青いガラスの大壺に挿した。そしてリビングの窓辺に置くと、特に眺めることもなく私は仕事部屋にこもったのである。

夕方、お茶を飲もうとリビングに行き、思わず棒立ちになった。窓辺のデルフィニウムが西陽を浴びて、息をのむほど青かったのだ。夏の夕陽に照らされたその色を見ながら、ヨット部員として練習に明け暮れていた日々がよみがえってきた。

練習を終えてハーバーに艇をつなぐ時、江の島の空も海も、いつだってこんな色に暮れていたのである。

デルフィニウムという名は、蕾がドルフィンに似ているところからついたという話も唐突に思い出した。

都心のマンションの一室に、アクアマリンの海と空を広げてくれるこの花は、今では夏には必ず窓辺を飾る。

消えていった花

ホウセンカ — *garden balsam*

八月のカンカン照りの午後だった。私は小学校三年生か四年生であったはずだ。学校は夏休みで、人っ子一人いなかった。麦わら帽子（ぼうし）をかぶった私は、裏口からこっそりと校庭にしのびこんだ。

木造校舎は、八月の太陽を浴びて静まり返っている。私は花壇に入ると、ホウセンカの花を摘（つ）みとった。汗は暑さのせいばかりではなく、悪いことをしているせいばかりでもなかった。これから始めようとしていることにときめく汗だった。

私はホウセンカの花びらをつぶして赤い汁を出すと、爪（つめ）に擦（こす）りつけた。ホウセンカは「爪紅（つまくれない）」と呼ばれ、大昔の女たちはその汁で、爪を染めたという。それを知った私はどうしても爪を赤くしてみたくて、学校にしのびこんだのである。

しかし、いくら擦りつけても、爪は染まらず、指ばかりが赤くなった。
私はきっと入道雲の下を、がっくりしながら帰ったのだと思う。道端には露草(つゆくさ)が咲き、夕顔や月見草が日暮れを待って蕾をふくらませていたに違いない。

遠いあの夏の日を思い出す時、かつてはごく当たり前に咲いていた優しい花が、今ではめっきり減ったことに気づく。ホウセンカも露草も夕顔も月見草も、ほとんど見ない。

これは環境の変化のせいばかりとは思えない。確かに地面は減ったし、空気も汚くなった。しかし、何よりも変化したのは、「花を見る人間の目」ではないか。外国の珍しくも鮮(あざ)やかな花があふれるようになった今、地味で優しい花に目が行かなくなった。花たちはそれを感じ、自ら消えていったのだ。

静かに淘汰(とうた)されていった花たちを思う時、それでもまだ環境のせいばかりにできるだろうか。だとしたら、人間はあまりにも傲慢(ごうまん)ではないか。

決断

アマリリス―*amaryllis*

ある日、小荷物が届いた。差出人が「ＡＮ　Ｃｏｒｐ．」となっているのを見た私は、急にワクワクし始めた。

これは花の輸出入をやっている会社なのだが、社長の安秀和（あんひでかず）さんは花が好きで花が好きで、三十五歳の時に大手の一流商社を辞めて、独立してしまった。

私が彼と知り合ったのは、ドラマ「あしたがあるから」の時である。このドラマは今井美樹さんが花の輸入をする話で、当時、商社で花を扱っていた安さんに取材をしたり、教えていただいたりしていた。

彼は独立以来、珍しい花が手に入るとたとえ一本でも送ってくれる。私は小荷物が届くたびにワクワクする。

しかし今回という今回は驚いた。何と赤ん坊の頭ほどもある球根がひとつ。

ドカーンと箱に入っていた。手紙には、

「アマリリスです。こんな大きな球根はちょっと手に入りませんよ」

と書かれていた。

花や球根が届くたびに、仕事は順調なんだなと安心するのだが、大手を退職する時はずい分考えただろうと思う。単なるＯＬだった私でさえ、決断までには時間がかかった。今、退職すべきかどうか悩んでいる人たちに、私は必ず言う。

「エイッ！と力を入れないと決心がつかないうちは、辞める時に至っていないと思うの。機が熟すると、古い葉っぱがポロッと落ちるように、何の力も入れずに決心がつくものよ。その時まで待つの」

そして、辞めた以上は「つらいことでも面白がる」という姿勢でいないと、やっていけない。明日をも知れぬ職業についた私はいつでもそう思っている。

今、安さんのアマリリスはグングンと葉を伸ばしている。きっと彼もつらいことさえ面白がって、グングン生きているのだろうと思ったりする。

年齢

紅花 — *safflower*

一九九八年の夏、山形県は上山(かみのやま)温泉の旅館「橋本屋」の取材をした。玄関を入ると、あふれるほどの紅花(べにばな)がいけてある。そのやわらかな黄金色に、私は思わず感嘆の声をあげていた。

すると、帰りに女将(おかみ)が、

「紅花、お気に召(め)したようですね。たった今、摘んできたものです。どうぞ」

と、両腕にかかえきれないほどの花束をくださった。

私は大切に自宅に持ち帰り、橋本屋と同じように玄関にいけた。花器は古い大きな甕(かめ)である。亡き祖母が、明治時代に梅干しを漬けていたという茶色い甕に、黄金色の花灯(はなあかり)がともる。

蕾(つぼみ)は次々に開き、夜遅くに帰宅すると常夜灯に照らされた紅花は、黄金の豆電球がこぼれているようだった。

やがて、初めは柔らかだった色が少しずつ濁（にご）ってきて、花びらも縮（ちぢ）み始めた。花灯がかつての華やぎを失い、みずみずしさを感じさせなくなっていた。

私はそれを見ながら、ふと思った。

「年齢（とし）を取るということは、こういうことなんだろうな……」

最盛期の花を思い出すと、若さがいかに美しいものかを認めざるを得ない。

その後、私は緊急の仕事で、都内のホテルに三日間ほどカンヅメになった。

あまりに急で、色の濁った紅花を捨てる間もなく、家を出た。

三日後、帰宅した玄関で目を疑った。

紅花の濁った色が、紅色に変わっていた。深い深い紅色は、華やかな黄金色とはまったく別の美しさがあった。

「年齢を取るということは、こうでなくちゃいけないな……」

毅然（きぜん）とした紅の色に、私はつぶやいていた。

駅

カンナ｜*canna*

先日、山川静夫（やまかわしずお）さんと対談した際、「駅」の話になった。

その時、私は力を込めて言った。

「駅には正しい駅と、正しくない駅があります。正しい駅というのは、ホームの花壇に必ずカンナが咲いていなくてはなりません」

山川さんは大笑いされた後、「よくわかる」とおっしゃって、しばらく駅談義で盛り上がった。

あれはいつのことだったか、真夏のある日、私はロケ現場を訪ねるために、地方都市の小さな小さな駅に降りた。カンカン照りの猛烈に暑い日だった。降りた客も数人で、駅員さんも一人だった。

そんな小さな田舎（いなか）の駅に、真っ赤なカンナが咲いていた。それはカンカン照りの陽ざしの中で、燃えるようだった。蟬（せみ）がうるさいほどにジャージャー

ジャーと鳴き、夏空は真っ青だった。

そのカンナの前に、五十代後半かと思われる夫婦が立っていた。夫はランニングシャツ姿で、大きなスイカをぶら下げている。妻はエプロンでさかんに汗を拭いていた。

「来たッ！」

妻が叫んで、かけ出した。見ると大学生らしき息子がホームの端から歩いてくる。夫婦は、夏休みで帰省する息子を迎えに来たのだろう。大きなスイカを買い、きっと自宅には「お袋の味」の料理が準備されているに違いない。

息子と父親は照れたような笑いを浮かべ、母親は陽焼けした腕で抱きしめんばかりに喜んでいる。三人に、真っ赤なカンナはよく似合った。こんな人生もいいなと思いながら、私はロケ現場へと歩き出した。

秋・あき・
autumn

ある夜のダリア

ダリア―*dahlia*

二十代の後半、私にとっては九月十日が一番切ない日であった。

私の誕生日。

年齢を重ねることも切なかったが、祝ってくれる恋人のいないことが何よりも切なかった。恋人がいるときの九月十日は、指折り数えて待つほどであったのだ。

二十八歳のその朝、私は家族に言った。

「今日、遅くなるわ。誕生日のお祝い、家でしてくれなくていいからね」

何の予定もあるはずがない。しかし、家族に見栄を張ったわけではなく、家族にお祝いされるのがみじめだったのだ。いい年齢(とし)した女にとって、祝ってくれるのが家族しかいないというのはみじめすぎる。それなら、ひとりでウインドーショッピングでもしているほうが悲しくないと思った。

会社が終わり、私はそれほど親しいわけでもない同僚ＯＬと帰りが一緒になった。駅への道を歩きながら、ふと私は言っていた。

「今日ね、私の誕生日」

彼女は小さな声をあげ、やがて言った。

「お祝いしてあげる」

そして駅ビルの中の、大衆的なスペイン料理店に連れて行ってくれた。油で汚れたようなテーブルの上に、毒々しい色が下品なダリアの花が飾られていた。造花であった。

決してすてきな夜ではなかったのに、あの日から私はダリアが好きになった。そしてあの日から、彼女はとびっきりの親友になった。

一九〇円の秋

ススキ—*japanese pampas grass*

私の仕事場は東京都心の赤坂にある。窓からは国会議事堂や霞が関の官庁ビル群が見え、二分も歩けばネオン街に出る。

私はもともと海や山や森よりも雑踏が好きで、ゴチャゴチャした赤坂の街にいると、とても楽に自然に呼吸している自分を感じる。

その上、不思議なことに、ゴチャゴチャした雑踏で暮らすと、四季の移ろいに非常に敏感になる。特に雑踏にしのび寄る秋というものは、とてもいい。それは大自然の中で山が真っ赤に色づくような雄大さに比べれば、実にチャチなものだ。が、チャチなだけにいとおしくなる。

ある夜の夜更け、私はテレビ局での打ち合わせを終えて、赤坂の裏通りを歩いていた。すると、深夜まで開いているスーパーマーケットの前で、若い板前さんがぼんやりと突っ立って何かを見ている。彼の目の前には、バケツに突っ込まれたススキがあった。

「お月見用ススキ　一束一九〇円」

バケツにはそう書かれたカードが貼り付けられていた。やがて彼はしゃがみこみ、そっと一束を抜き出すと、レジに持っていった。

彼は一九〇円のススキをぼんやりと眺めながら、故郷を想っていたのかもしれぬ。山に波うつようなススキの風景を重ねていたのだろうか。

一九〇円のススキが知らせる秋も、それを買う若い板前さんも、哀しくもいとおしい。

私も一束買い、歩き出した。ネオン街の白っぽい夜空に、秋の月は皓々（こうこう）と輝いていた。

他人の目

紅葉｜*japanese maple*

赤や黄に色づいた葉が美しい季節になると、ふと思い出す唄がある。
「龍田吉野も見る人なけりゃ　花も紅葉も谷の塵」
これは古い都々逸である。「龍田」は奈良の竜田川のことで、紅葉の代名詞とも言われる名所。「吉野」は同じく奈良の吉野山のことで、こちらは桜の代名詞。

この都々逸ではハッキリと言い切っている。つまり、桜であれ紅葉であれ、見る人がいて初めて、その美しさに意味が出てくる。見る人がいないのでは、いくら美しかろうとそんなものは谷川のゴミになるばかりだ……と、こう断言しているわけである。

反論は当然あろうが、これはひとつの考え方として非常に潔い。というのも、人はとかく精神論を言いたがる。

「紅葉は見る人がいなくても、精いっぱい生きているから美しいのよ。人間だってそう。他人の評価より自分に恥じない行動が大切なの」

まったくその通りとはいえ、人は仏ではないのでそうできないこともある。精神論はもちろん認めるが、「人間の力」というものは他人との関わりによって引き出されてくるものではないか。

「恋をすると女は美しくなる」というのはホルモンのせいばかりではなく、彼に見られていることで自分の存在に意味と自信が出てくるのだ。

この秋、紅葉に出会ったらしっかりと見てあげたい。塵じゃないよと言いながら。

宇宙

コスモス——cosmos

　学生時代のある日、彫刻の授業中に私は石膏（せっこう）を溶かしたバケツをひっくり返し、はいていたズボンをずぶ濡（ぬ）れにしてしまった。すると、クラスメイトが言った。

「何か貸すから、うちにおいでよ」

　彼女は地方出身で、大学のすぐ近くのアパートに住んでいた。私はずぶ濡れのズボンのまま、彼女の部屋に入った。

　秋晴れのさわやかな日だというのに、六畳一間の室内は薄暗く、小さな窓からはほとんど陽（ひ）が入らない。ハッキリとは覚えていないが、タンスと机と座卓があり、それだけで室内はいっぱいだったように思う。私が突っ立ったまま室内を見ているのに気づいた彼女は、ちょっと恥ずかしそうに言った。

「自宅通学のあなたには、こんなカツカツの暮らし、考えられないでしょ。

でも、これ以上は親に負担かけられないし」
私はその時、小さな窓辺に飾ってあった二本のコスモスを見ていたのである。それは、たぶん大学から失敬してきたらしいビーカーに、二本だけ挿してあった。カツカツの生活の中で、彼女は花を買っている。そして何よりもコスモスという花がよかった。凛(りん)としながら優しく、媚(こ)びもひけめもなく、貧しいアパートで青空を見ながら笑っている。それはどこか彼女と似ていた。

卒業以来、彼女とは会っていない。消息もわからない。が、私はあの日、この可憐(かれん)な花に「宇宙(コスモス)」という名が与えられた理由がわかる気がした。コスモスはたとえ一本でも、堂々と柔(やわ)らかに、独自の宇宙を示すことの出来る花なのだ。豪華な花々の間にあってひけめを見せず、媚びもせず、それでいながら協調する。

思い出す彼女の顔は、今でも石膏で汚れた二十歳の輝きである。きっと今でもあの時のままに、どこかの街で笑っている。

灯（あかり）

サンダーソニア｜*sandersonia*

ある日、男友達が離婚した。

「女房に男ができちゃってさ。その男と暮らしたいからって」

彼は電話の向こうでそう言った。子供が二人いたのだが、相手の男は子供ごと引き受けると言ったそうだ。

「まさか自分の女房に男がいるとは思わなかったよなァ。俺、家庭も大事にしてきたつもりだったけど、甘かった……」

それから二、三日後、彼は六畳一間のオンボロアパートに引っ越した。今まで住んでいた家も株券も預金も、何もかも一切を妻に渡し、彼は無一文で六畳一間の男になった。私や友人たちは怒ったものだ。不貞を働いたのは妻であり、彼の方が慰謝料をもらってもいいくらいだと。彼は笑って言った。

「子供のためだよ。子供の将来を考えると、家もカネもあった方がいい。可

愛い子供を真っ暗な夜道に放り出すようなことはできないよ。ま、今は俺が真っ暗闇だけど、俺なら何とかなるさ」

笑って言った言葉ではあったが、元気はなかった。

何日か後、私はサンダーソニアばかりを五〇本、彼のオンボロアパートに送りつけ、走り書きのカードを添えた。

「これは、『チャイニーズ・ランタン・リリー』と呼ばれる花です。あなたの夜道はランタンが照らすから大丈夫よ」

彼はお礼の電話をくれて、その時、初めて声をつまらせた。

「子供がつらいめにあったら、俺もこの花を送るよ」

あれから五年がたち、彼には新しいパートナーがいる。妻は一年ほどで男に捨てられたと聞いた。その時、彼は子供にこの花を送ったのだろうか……。

憧れ

野菊 — *wild chrysanthemum*

昔、はしだのりひことクライマックスが歌う「花嫁」という曲が大ヒットした。

これは若い女の子が周囲の大反対を押し切って、たったひとりで嫁(とつ)いでゆく様子を歌っている。恋人は遠い海辺の街に住んでおり、彼女は彼の写真を抱いて、ひとりぼっちで夜汽車に乗る。見知らぬ街で慣れない暮らしが始まることに不安はあるが、何があっても負けられない。彼女はそんな覚悟を胸に、恋人のもとへ行くという歌である。

これは女の子の憧(あこが)れを実にうまく突いた詞だと思う。「周囲の反対」、「夜汽車」、「ひとりで嫁ぐ」、「彼の写真」などという小道具をちりばめ、「それでも飛び込む彼の胸」という高揚感。つくづくみごとなドラマである。

が、さらに女たちの憧れを高めたのは、この彼女の花嫁衣装は「野菊(のぎく)の花束」だったという詞である。幼い頃から夢見ていたウエディングドレスを着ることはできないが、野菊の花束を抱いて好きな人のお嫁さんになるという姿に、若かった私たちは「ああ、こんな恋がしたい」とため息をついたものだ。

よく世の中では「男は清純派が好き」という、しかし、本当は女たちの方がずっと清純派に憧れているのではないか。「ブリっ子」という言葉がその心理をよく物語っている。

ブリっ子は清純に見せたいからこその行為といえる。そして、何よりも面白いのは、堂々とブリっ子する女をバッシングする同性の心理である。そこには「あの女だけが清純に見られちゃたまんないわよ」という焦(あせ)りがのぞく。

バッシングする暇(ひま)があったら、野菊を抱いて彼とデートしてみることだ。この花はどんな女をも清純に見せてくれる。

チャンス

萩 — *bush clover*

自分の今までの人生を思い返した時、最も暗黒だったのは二十代後半である。

仕事は入社当時とまったく同じで、何ら新しいことも任されなければ、ポストアップもなかった。年若い男性社員が仕事内容もポストもどんどん上昇する一方で、女子社員は五十代になっても入社当時と同じ仕事をしている。彼女たちは私に幾度も言った。

「ここにいたら、私みたいに一生を棒に振るわよ。生き方を変えなさい」

そう言われても、私には何の特技もなければ能力もなく、生き方は変えられない。結婚退職していくＯＬたちもたくさんいたが、私はその頃、恋も失っていた。

来る日も来る日も、ラッシュにもまれて出勤し、十年一日の仕事をこなし、

帰りに稽古ごとをやって時間をつぶす。帰宅したら、テレビを見て、寝る。また朝が来たらラッシュにもまれ、昨日と同じ仕事をやって……と、本当に毎日毎日、寸分違わぬ暮らしが限りなく続いていた。

あの日々は、今思い出しても苦しい。それは、一条の光も射しこまないトンネルの中を、一人で手さぐりで歩いているような気がしたものだ。出口の気配さえしない。

そんなある日、バス停に立っていると、舗装道路の継ぎめが少しずれているところから、一本の萩が伸びていた。ほんの五ミリほどのずれで、土が見えている。そのわずかな土から、小さな萩が米粒ほどの花を咲かせていた。

コンクリートだらけの街でも、花は小さなチャンスをとらえて咲こうとするものなのだと、目が覚める思いがした。か細い萩は、「諦めちゃ負け」ということをさり気なく示していたと思う。

世間様の価値

ユーカリ——*eucalyptus*

この本に洒落た絵を描いてくださっている島本美知子さんは、パリのマレ地区に住んでいた。

一九九八年の秋、取材でパリに出かけた私は島本さんにご挨拶しようと思いたち、ホテルから電話をかけた。急なことだし、お会いするのは無理かもしれないと思っていた。ところが、彼女は、

「よかったらうちにいらっしゃいよ。私、料理が趣味だから何か作るわ」

と、思いがけないお誘い。私は大喜びで、アパルトマンに伺(うかが)った。

それは十八世紀の重厚な建物で、室内は白を基調にしたインテリアが何とも素敵なこと。窓からはパリの街が一望でき、バスチーユ、オペラ座、パンテオン、ノートルダム寺院、エッフェル塔、アンヴァリッド、そしてゆったりと流れるセーヌ河が眼下に広がる。

「今日はベトナム料理にしたわ」

　そう言って彼女はプロ級の皿を次々に並べた。私たちは日暮れまで、パリの風景の中でベトナム料理を食べ、カリフォルニアワインを飲み、日本語で話した。

　初対面なのに何でも話し合えたのは、彼女が多様な価値観を持っていたせいではなかったろうか。彼女といると肩の力がスッと抜ける。「閉塞感」というものは、ひとつの価値観にとらわれすぎるから生じるのではないか。苦しくなったら「世間様の価値」から、ちょっと外れてみるのもいい。心身がこわれるまで、自分を型にはめることはない。

　帰る時、窓辺に色づいたユーカリの葉が飾られているのに気づいた。ユーカリは紅葉（こうよう）しないはずだがと思っていると、

「私が絵の具で紅葉させたのよ」

　と島本さんは笑った。世間様の価値から外れたユーカリは、堂々と生き生きと窓辺に秋を運んでいた。

それぞれの秋

ドングリ ― *acorn*

一九九八年の秋、武蔵野の雑木林(ぞうきばやし)を歩いていると、かすかな音と共に足元に何かが落ちてきた。しゃがんで見てると、小さなドングリだった。

雑木林の長い小径(こみち)を歩いている間、幾度となくカサッと音がして、ポトンとドングリが落ちてきた。カサッポトンというひそやかな音は、武蔵野の秋が深まっていることを感じさせていた。

それから三、四日後、私は画家ロートレックについて取材するために、南フランスのボルドー地方を訪れた。ワインで名高い地にふさわしく、葡萄(ぶどう)畑に囲まれた一角にマルロメ城がある。貴族出身のロートレックは、三十七年の短い生涯をこの城で閉じている。

城の取材後、沈む夕陽と競(きそ)いあうようにしてホテルへと車を飛ばしたが、到着した時はすっかり闇が降りていた。

その時、突然、バラバラバラという音が聞こえてきた。雨は降っていないし、闇に目をこらしても何も見えない。が、ちょうど雹（ひょう）が降っている時のような音が鳴り響く。それは時にはバチバチバチというほど激しく、私もスタッフも何の音なのか見当もつかなかった。

翌朝、庭に出て驚いた。さほど広くない庭ではあったが、地面はドングリの実で埋めつくされている。停めておいた車の屋根もフロントガラスもボンネットも雪が積もったようにドングリで覆（おお）われている。昨夜の音はドングリの実が落ちる音だったのだ。

丸々と太ったドングリを手ですくいあげながら、私は武蔵野のカサッポトンという小さなドングリを思い出していた。何だか油絵と墨絵の違いを見たような気がして、思わず笑った。

冬・ふゆ・
Winter

元気のゲンかつぎ

七草 — *seven spring herbs*

私は日本に古くから伝わる行事が大好きである。どんなに忙しくても、締め切りに追われていても、これらの行事は必ず全部やる。

節分には豆をまき、桃の節句には雛を飾り、十五夜にはお団子まで作る。その上、お盆にはナスやキュウリで馬をこしらえ、五月の菖蒲湯も、十二月の柚子湯も絶対に忘れない。

日本の古い行事というのは、「元気であるように祈る」という考えが基本にあり、それだけに忘れてはならぬのだ。そして、何よりもいいのは、それらの行事すべてが、花に願いを託して行われることである。四季が美しい日本では、昔から人と花が一緒になって元気を祈ったのである。

元旦、私は必ず「七草」を買う。

小さな竹籠に寄せ植えされたセリ、ナズナ、ゴギョウ、ハコベラ、ホトケ

ノザ、スズナ、スズシロが初春の陽を浴び、窓辺で柔らかな緑を見せてくれるのは、とてもいいものである。

そして、年中行事の幕開けは一月七日の七草粥。私はまた別に七草を買い、俎板の上で叩く。その時、古くから伝わる歌まで歌ってしまう。

「七草なずな　唐土の鳥が　日本の土地に渡らぬ先に」

意味はわからぬが、何やらありがたい感じがするではないか。

そして、あつあつの七草粥を食べながら、窓辺の七草を眺める。体中に緑が広がって、いいことばかりが起こりそうな気になってくる。

「七草」は、元気なスタートを予感させてくれる花である。

一歩も引かぬ恋

ゼラニウム — geranium

私はかつて一ヵ月半ほど、パリで暮らしたことがある。

ある日、友達になったフランス人女性に、

「マキコ、私の部屋に遊びに来ない？」

と言われた。

その年のパリは異常な寒波が動かず、暦の上では春なのに、まるでユトリロの絵のような灰色の空が垂れ込める毎日が続いていた。

彼女のアパルトマンは古い五階建てで、エレベーターがない。石の冷たい階段を五階まで上り、そこからさらに隠し階段のようなものを上った屋根裏が彼女の部屋であった。

ハァハァと荒い息でドアを開けた私は、思わず立ちすくんだ。

小さな出窓にあふれているゼラニウムの、何という赤。それは真っ赤な炎のように燃え盛り、灰色の空には似合わなかった。が、似合おうと似合うまいと、その赤は堂々と自分を主張し、一歩も引かない強さがあった。

彼女はお茶をいれながら、ソファサイドの写真を示し、小さく笑った。

「私の愛人。彼には妻子がいるの。でも、彼は必ず離婚すると言ってるから待つの」

彼女の口調が、自分に言い聞かせるかのようであったことを、私は今でも思い出す。あの炎のようなゼラニウムは、灰色の恋に必死で立ち向かおうとする心意気であったような気がしてならぬ。

キザな男

カトレア｜*cattleya*

昔、キザな男とつきあっていた。

こいつはナカナカのハンサムで、スポーツマンで、筋肉質のスタイル抜群なヤツだった。私はホントのところ、この手の男は全然タイプではない。が、女友達どもが、「あんな男は、あなたごときに二度と現れないわよ」と言ったのだ。

少しつきあってわかったことは、彼のナルシストぶりである。いつでもどこでも全身で「どうだ、者ども。俺ってカッコいいだろ。うっとりするだろ。オッ、そこの女、今、俺を見たな。ン？　そこの男も見たな。同性として羨（うらや）ましいか？」と叫（さけ）んでいるようなヤツなのである。私はうんざりし、もともとタイプでなかったこともあって、すっかりイヤになってしまった。が、ここまでナルシストだと、やることもキザの極みを行く。

あるクリスマスの宵、私はその彼とレストランにいた。すぐにプレゼントを渡した私なのに、彼は用意していないらしく、食事も終わりに近づいた。内心「これは別れのサインだわ」と思った。私もあまり執着していないのに、別れるのか……と思ったら急に切なくなってきた。

その時、黒服のチーフウエイターが両脇にあふれるほどのカトレアを抱き、やってきた。そして、私に言った。

「お連れ様からのプレゼントでございます。デザートの時に、私から渡すようにと仰せつかっておりました」

彼は知らんぷりを気取り、ジタンに火をつけた。タバコの銘柄まで計算しつくすキザな男だった。

もうずっと昔の話だが、カトレアを見ると今でも彼を思い出す。百花の王ともいえるカトレアとセットで思い出させるとは、さすがに筋金入りのキザだと、今では妙にいとおしい。

二葉連れ

松――pine

恋人がいない時期に「二人連れ」を見るとカンにさわるものだ。カンにさわっているうちはまだいいが、そのうちに羨ましくてたまらなくなり、やがて自分がみじめになり、際限なく暗くなる。

ある日、私は小唄のお師匠さんから面白いことを教わった。

「古い唄にあるのよ。こぼれ松葉を見ても羨ましくなる女心の唄が。こんな気持ちにさせた男が憎い。でも憎みきれないいってね」

これにはうなった。「こぼれ松葉」というのは地面に落ちた松葉をいうのだが、松葉というのはとがった葉が必ず二本くっついてる。そんな松葉を見てさえ、羨ましくなるというのだからすごい。私はずいぶん失恋してきたが、こぼれ松葉を羨むところまでいっていない。あんなにショックだったのにまだまだ軽傷だったのねと、恥ずかしくなったほどだ。

お正月が近くなると、私はまっ先に玄関に松をいける。そして、わざと葉を手で引っこ抜き、こぼれ松葉を作る。それを花器の周囲にたくさん散らしておくのである。

これは私が勝手に作ったおまじないだ。新年からこぼれ松葉を見なれておけば、たとえ恋人がいなくなっても笑い飛ばせるのではないかと、こじつけたわけである。

むろん、失恋はしたくないが、もしそうなった時には泣くだけ泣いて、後は笑い飛ばす心意気を持ちたいと思う。その方がきっと新しい明日と新しい恋を呼ぶはずだから。

乙女と乙女

椿―*camellia*

会社に勤めていた時、「トラさん」というお掃除のおばあさんがいた。

トラさんは働くことが大好きで、民謡が大好きで、映画俳優のようにすてきな一人息子がいた。生活のためではなく、

「働くことが嬉しくてねえ」

と言い、大きなゴミ袋を生き生きと運ぶ。休暇を取ってはハンサムな息子やご主人と海外旅行に行く。何だかすてきな老後だった。

その頃、私の家の庭には四季折々に花が咲いていた。二月のある日、私はピンクの椿(つばき)をたくさん切って、会社に持って行った。するとトラさんが感嘆の声をあげた。

「きれいだねえ。乙女(おとめ)椿だよ、これ。好きなんだ、私。きれいだねえ」

私はトラさんが欲しがって言っているのだとは思いもせず、その後も幾度

となく会社に持っていった。トラさんはそのたびにほめまくる。私は彼女の真意にトンと気づかない。

ある日、またも持っていった私は、あまりよくない花を切り落として捨てた。会議室に飾った後でふと見ると、トラさんが捨てた花を大切そうに新聞紙に包んでいる。私と目が合うと恥ずかしそうに言った。

「少しでも色が残っているうちは、花は捨てちゃ可哀相（かわいそう）でサ。花首だけ水に浮かべてもきれいだから、これもらってもいいかね」

やっと気づいた私は、会議室の椿を全部プレゼントした。とろけるような笑顔で乙女椿を抱いたトラさんは、乙女のようだった。

これくらいの復讐

柊 holly

　女友達が恋人と別れたのは、十二月の寒い寒い夜のことだった。夜更けに元気のない声で電話がかかってきた。

「牧チャン、今からうちに来れない？　何かひとりでいたくないのよ」

　その夜、彼女の部屋でとりとめのない話をしながら、イタリア映画のビデオを見た。その時、私はふと思い出して言った。

「昔、ローマで大晦日（おおみそか）を過ごしたことがあるのよ。ローマではね、午前零時になると、自分にとって不要になった物をみんな窓から捨てるのよ。そうすると、来年はもっといい物が手に入るからって」

　昔のその日、実は私は失恋した直後であった。ローマで迎えた大晦日の夜、私は手帳を破り、ホテルの窓から捨てた。別れた人とのスケジュールが書きこまれた一年分のページを夜空にヒラヒラと飛ばしてやった。そこまで詳しくは彼女に話さなかったのだが、彼女は白いシャツを持ってくると、窓を開けた。

「彼のシャツよ」

マンションの七階から捨てたシャツは夜空を鳥のように舞い、柊（ひいらぎ）の植え込みにフワリと落ちた。彼女はそれを見ると笑った。

「柊に刺されたか。ま、これくらいの復讐（ふくしゅう）が可愛いよね」

私も笑って言った。

「うん。彼からたくさんいい時間をもらったんだから、これくらいの復讐で十分」

別れは新しい出会いをもたらすのだし。

化かしあい

フォックスフェイス――*nipplefruit*

昔、頭の悪い男とつきあっていた。これがもう、この世の者とは思えないほど頭が悪くて、デートをしていても全然面白くない。が、私は初詣に一人で行くのはイヤなので、何とか新年までは我慢してつきあおうと決めていた。

そして一月二日、私は彼と初詣に出かけた。忘れもしない、赤坂の豊川稲荷である。彼はご機嫌にお参りし、面白くもない新年の抱負などを語っていた。

その一週間後、彼は婚約を発表した。ずっと私と二股をかけてつきあっていた恋人がいて、秋には結納をかわしていたのだという。私は思わず、

「化かされた……」

と言い、女友達はみんな、お腹を抱えて笑いころげた。誰一人として私に

同情せず、ヒイヒイと引きつけを起こさんばかりに笑い、口々に言ったのである。

「あの人、とてつもなく頭がよかったのかもねえ。化かされたあなたの方がこの世の者とは思えないバカよ」

「お稲荷さんに初詣して、化かされるって最高だわァ」

「キツネのたたりよ。ああ、おかしい」

それから何年かたち、彼のことなどすっかり忘れていたある日、花屋の店先で私は初めてフォックスフェイスを見た。唐突(とうとつ)に彼を思い出し、笑った。彼はこのフォックスフェイスのように、ツルンとした表情で、ツルンと私を化かしてくれたなァと。女を化かすには、「ツルン」は不可欠の条件だよなァと。

あのとき、父が言ったものだ。

「男をバカにしたから罰(ばち)が当たったんだ。いい薬だな」

しかし、男と女の化かしあいは、薬は薬でも「麻薬」の刺激だ。

太陽の花

木瓜 ― *japanese quince*

どなたかがエッセイに書かれていた。

太陽のような色をした木瓜(ぼけ)の花が山道に咲いていると、どんなに屈強な山男でも花の下に座って休息をとりたくなるものだ――と。

それを読んだ時、世の中には「木瓜のような女」が確かにいると思った。男たちがふと彼女のそばで休息をとりたくなるような、そんな女というのは確かにいる。同性から見れば、とりたてて魅力的とも思えない女が、なぜか男たちにとっては安らぐという現実を、私はこれまでに幾度となく見てきた。

彼女たちは「共に戦う」というタイプでもなく、「あでやかに美しい」というわけでもなく、さりとて「お袋(ふくろ)のよう」というのでもない。

考えてみれば、木瓜は地味である。時期的にわずかに前後して咲く梅や桃、桜の個性と華やぎに圧倒される。梅は凛(りん)として気品があり、桃はあの柔らかなピンク色が誰の心をも弾ませる。桜は日本人の心の花だ。「桜前線」という言葉さえあり、かつ、その散り際の美しさに日本人は憧れを持つ。

これらの強烈な個性を持つ花と前後して咲く木瓜は、どう考えても割りを食う。

ふと気づいたのだが、男にとって「休息したくなる女」というのは、自分が割りを食っていることを何とも思わない女ではなかろうか。

強烈な個性や華やぎは魅力的だが、時に男を疲れさせる。少なくとも、休息の対象にはなるまい。さりとて、単に地味で、割りを食っていることを嘆く女では休まらない。

木瓜は「太陽の色」をした花を咲かせるところがポイントだ。割りを食い、個性が薄いながら、あっけらかんと日だまりの笑みを見せる女に似ている。

首飾り

スターフルーツ—*star fruit*

日本には昔から「見立て」という言葉がある。

たとえば女性誌のグラビアなどでよく目にするのが、本来は花器ではない器(うつわ)を花器に見立てるやり方。ビールグラスやジャムのあきびんに花をさしたりするのは、この「見立て」である。他にも、そば猪口(ちょこ)を香炉(こうろ)として使ったり、スカーフでブラウスを作ったり、私たちはごく当たり前に「見立て」を楽しんでいる。

今から十五年ほど昔、私が初めて香港(ホンコン)を訪ねたのは、ちょうどクリスマスの頃だった。魔窟(まくつ)と言われた九龍城(きゅうりゅうじょう)が撤去される前であり、イギリス領とはいえ、目にするものや街の雰囲気は阿片(あへん)の匂(にお)いがするような、古き中国という印象があった。摩訶不思議(まかふしぎ)で魅力的な街だった。

ある夕方、当時香港で暮らしていた弟夫婦の案内で、私は市場に出かけて

みた。下町の、猥雑（わいざつ）な活気にあふれる市場だった。そこにはクリスマスの雰囲気などは一切なく、庶民たちは安い魚や野菜を買いあさっている。

するとと、四歳くらいの女の子の首に、母親が何かヒモのようなものをかけようとしていた。母親は広東語（カントン）で幼い娘に何やら語りかけ、娘はあどけない様子で言葉を返している。

娘の首からかけられたものは、スターフルーツの首飾りであった。母親は市場で買ったスターフルーツにヒモを通し、娘に飾ってやっていたのである。今でも覚えているが、幼い娘は汚れたピンクのセーターを着ていた。その胸で揺れる黄色い星形の果物は、何と愛らしかったことか。

私はあれから多くの国々でクリスマスを迎えたが、果物を首飾りにした香港の少女ほど天使に見えた子はいない。

あとがき

　私が花と強烈な出会いをしたのは、幼稚園の時である。

　四歳の私は極端に内向的で、友達を作ることもできず、みんなと一緒に遊ぶこともできない。他の園児と一緒にお弁当を食べることもできず、呼ばれても返事ができない。声を出すことが恥ずかしく、幼稚園ではいつも一人で、一日中黙っていた。あまりに過保護に育てられ、まったく社会性がなかったのである。

　私は団塊の世代であり、幼稚園では一クラスに六十人がひしめきあっていた。先生はいつも苛立ち、ズケズケとものを言う。園児はそんな中でどこか荒んでもいたのだと思う。内気で声さえ出せない私は、先生にとっても園児にとっても恰好のイジメの対象になった。

　幼稚園生活の中で、私のたったひとつの楽しみは、父が会社の昼休みに自転車で迎えに来てくれることだった。毎日、父は私を荷台に乗せ、自宅に送り届ける。そしてまた会社に戻って行ったのである。

　やがて、私はみんなが折り紙をしたりお遊戯をしている時も加わらず、登園するなり窓辺にベタッとはりついて父を待つようになった。先生は私の腕が抜けるかというほど引っぱり、乱暴に席につかせる。

私はメソメソと泣くものの、また窓辺にくっついて父を待つ。いじめっ子たちが、そんな私の体をつねり、頭を叩(たた)く。先生は注意もしない。それでも私は泣きながら動かない。自転車の父だけが救いだったのだ。

ある日、父があふれるほどのタンポポの花束を高くあげ、窓辺の私に手を振った。私は粗末な布カバンをつかみ、誰にも挨拶(あいさつ)もせずに外に飛び出した。

春のあの日、いじめられっ子はタンポポの花束をしっかりと抱き、自転車の荷台に揺られて帰った。

両親が幼稚園から強制退園を勧告されたのは、それからほどなくのことだったらしい。

おそらく、父は気づいていただろう。幼い娘が毎日毎日、朝から一人で窓辺に立って迎えを待っていることに。そしてきっと、道端に咲いているタンポポを見て、喜ばせようと自転車をとめ、摘(つ)んだのだ。父もまだ三十代だった。

昨日のことさえ忘れているというのに、あの六十余年前の父とタンポポは、くつきりと覚えている。父は白いワイシャツ姿で、舗装もされていないデコボコ道の先にまっ青な空が広がり、タンポポの黄色がきれいだと思ったこともだ。私は笑顔だったはずだ。

平成八年（一九九六年）、父の死を知らされた朝、まっ先に浮かんだのはタンポポの花を高くあげて手を振る若き日の姿だった。

私はあの四歳の時、花がどれほど人を力づけ、慰（なぐさ）め、明るくしてくれるかを、無意識のうちに感じたのだと思う。

以来、私の傍（かたわ）らにはいつも花がある。花屋で買ったスイートピーやユリもあれば、塀の脇に咲いていたドクダミやシオンもある。田舎（いなか）の小さな駅で、セイタカアワダチソウやダリアをもらったこともある。

脚本家という、私にとって「天職」とも言える仕事につくまで、それはそれはたくさんの迷いの日々があった。そして、それらの出来事はさまざまな花と重なる。つらかった迷いの日々なのに、花と共に甦（よみがえ）るため、どこか明るい。花の持つ魔力だ。

本著を出すにあたり、もう一度読み返してみて赤面した。まァ、何とよく失恋していることよ。まァ、何と青くさく純な考え方をしていることよ。それを思ったままに書いているのだから、今となってはつくづく恥ずかしい。だが、恥をしのんで、文章は直さずにそのままにしておいた。四十代だった私と花が、今、迷える若い方々に少しでも役立つことを望むなら、当時のままの方がいいと思ったのである。

本著は島本美知子さんの絵がなければ、成り立たなかった。重厚で洗練された島本さんの絵は、本著に「大人の絵本」というような雰囲気を与えて下さっている。

また、このエッセイは月刊誌『花時間』（当時）の巻頭に、一九九七年一月から三十六回掲載されたものである。ずいぶん前のものだが、そこに「今」を感じて掘り出して下さった編集者の北川達也さんにお礼申し上げたい。

そして誰よりも、この一冊を手に取って下さった皆様、心からありがとうございました。

二〇一六年八月　東京・赤坂の仕事場にて

内館牧子

●本書は、雑誌『花時間』（KADOKAWA）
一九九七年一月号〜一九九九年十二月号に掲載された
「明日も花まかせ」を改題の上、一部加筆修正したものです。
各エッセイの記載事項は雑誌掲載当時のものです。

内館牧子（うちだて・まきこ）

1948年秋田県生まれ。武蔵野美術大学造形学部卒業。三菱重工業に入社後、13年半のOL生活を経て、88年に脚本家デビュー。テレビドラマの脚本に「毛利元就」「ひらり」「私の青空」「昔の男」「白虎隊」「塀の中の中学校」など多数。93年橋田賞大賞、2011年モンテカルロ・テレビ祭で三冠を受賞。大の好角家としても知られ、00年9月より女性初の横綱審議委員会審議委員に就任し、10年1月任期満了により同委員員退任。06年東北大学大学院文学研究科で、論文「大相撲の宗教学的考察―土俵という聖域」で修士号取得。05年より同大学相撲部監督に就任し、現在総監督。著書に『義務と演技』『夢を叶える夢を見た』『エイジハラスメント』『十二単衣を着た悪魔―源氏物語異聞』『カネを積まれても使いたくない日本語』『終わった人』『毒唇主義』（小社刊）『きれいの手口―秋田美人と京美人の「美薬」』（小社刊）など多数。

島本美知子（しまもと・みちこ）

イラストレーター。神奈川県生まれ。広告制作のアシスタント、コマーシャルのスタイリストを経て、雑誌「an・an」の編集者、1978年フランス・パリでイラストレーターとしてデビュー。「エル」「マリ・クレール」「マダムフィガロ」「ラ・モード・エンペンチュール」他、フランスの雑誌および広告を数多く手がけるかたわら、日本でも個展を開催し、多くの雑誌や書籍の装丁画を担当。97年には映画『静かな生活』（伊丹十三監督作品）のポスター、主人公のマーちゃんの絵日記の絵を手がけ、話題となる。著書に『わたしお料理大好き』『パリ・日々の味 ワインとチーズと…etc.』などがある。2012年より日本在住。

ある夜(よ)のダリア
迷いの日々には、いつも花があった

2016年10月15日　初版発行

著者　内館牧子
画　島本美知子
発行者　南　晋三
発行所　株式会社　潮出版社
〒102―8110
東京都千代田区一番町6　一番町SQUARE
電話／03―3230―0781（編集）
03―3230―0741（営業）
振替口座／00150―5―61090
印刷・製本　中央精版印刷株式会社

ISBN978-4-267-02063-6 C0095

http://www.usio.co.jp